AF279545

Kleine Geschichten,
so bunt wie das Leben

Kleine Geschichten, so bunt wie das Leben ...

... über Menschen, Zeiten und Ereignisse

Autorin
Anna Stark © 2022

Herstellung und Verlag:
BoD – Books on Demand, Norderstedt

ISBN 978-3-7568-2861-6

Die Deutsche Nationalbibliothek verzeichnet diese Publikation in der
Deutschen Nationalbibliografie;
detaillierte Daten sind im Internet unter www.dnb.de abrufbar.

INHALTSVERZEICHNIS

Eine kleine
Igel-Frühlingsgeschichte
für Kinder

Es ist Frühling. Die Welt ist grün. Langsam erwachen die Igel aus ihrem Winterschlaf.

Schlafbenommen, aber doch entschlossen, stoßen sie das modrige Blätterdach auf und blinzeln in die Sonne.

Mutter Igel denkt: „Es ist ja noch viel zu früh, das Winterquartier zu verlassen."

Fluchs geht sie wieder zurück in den warmen Winterbau. Doch Vater Igel möchte den Frühling genießen. Schnell schiebt er frische, grüne Blätter zusammen für einen Frühlingsbau.

Doch er möchte den herrlichen Frühlingsduft nicht alleine atmen. Verliebt lockt er sein Weibchen unter das frische Blätterdach, und nun kuscheln beide im grünen Hügel.

Enten, Ameisen und ein Adler an einem Frühlingstag

Es ist ein sonniger Frühlingstag am Ufer eines kleinen Wiesenbachs. Ein Entenpaar führt zum ersten Mal seine kleinen dottergelben Küken aus.

Die Ameisen sind wuselig damit beschäftigt, ihren Bau am Bach immer höher zu schichten. Gerade schleppt Emma einen schweren Tannennadelbalken heran. Ihr Freund Waldemar sitzt genüsslich oben auf dem Haufen und sonnt sich. „So hilf mir doch, Waldemar," schnaubt Emma wutentbrannt los. „Ich schufte mich hier ab, und du sonnst dich in aller Seelenruhe auf unserem Hügelgipfel. Als ob du nicht schon braun genug wärst!" Waldemar lässt erst ruhig seine Beine baumeln, springt dann aber, so flink wie es sein kleiner Panzer zulässt, auf Emma zu und säuselt: „Hallo, meine Süße, guck mal, was dein Schnucki für dich hat!" und reicht ihr ein großes Waldhimbeerstück.

Sie möchte sich gerade bedanken und ihren Grimm vergessen, als die Entenfamilie heranwatschelt. Die süßen, kleinen Flaumküken haben es ihr schon immer angetan. Wenn sie nur nicht so riesig wären! Majestätisch geht der Entenvater auf Waldemar zu und poltert los: „Wenn du noch einmal mit deinen Freunden mein Kleines derart vollpinkelst, dass es nicht mehr laufen kann, sorge ich dafür, dass meine ganze Sippe mit euch kurzen Prozess macht und euch auffrisst wie unlängst die Maikäfer." Waldemar kommt jedoch nicht mehr dazu, etwas darauf zu erwidern.

Plötzlich schwebt ein dunkler Schatten am Himmel. Blitzschnell sind Emma und Waldemar in der Erde verschwunden. Der riesige Schatten konnte nur der Adler Titus sein.

Entenvater Isidor erkennt überschallschnell die Gefahr und schreit: „Zu mir, Kinder," und breitet sein buntes, seidig glänzendes Gefieder über seine Kinder aus. Aber der kleine, freche, vorwitzige Pinky war mal wieder zu weit weggelaufen. Im Sturzflug schnappte sich Titus den Kleinen, der noch kurz zappelte, und schon war er mit ihm wieder hoch oben in den Lüften.

NEIN, ICH MAG NICHT ...
für junge Mütter

„Nein, ich mag keine Schuhe anziehen!"

„Du kannst nicht raus, ohne deine Stiefelchen."

Emma stampft auf: „Ich will aber, meine Füße sind so heiß. Ich will in den Schnee. Schnee macht kühl. Stiefel sind heiß!"

„Wir ziehen jetzt die Stiefel an, draußen ist es bitterkalt."

„Was ist bitterkalt? Kalt ist nicht bitter."

„Bitterkalt ist noch kälter als kalt." Die Mutter ist verzweifelt.

„Siehst du das Eis auf dem Fensterbrett draußen?

Es ist eine klirrende Kälte heute. Komm jetzt, sei vernünftig, meine Süße."

„Die Gläser klirren, wenn du sie auf dem Geschirrspüler zusammenschiebst. Klirrende Kälte klirrende Kälte, die Kälte klirrt, die Mami klirrt."

Lachend trällert Emma ihre soeben entstandene Komposition.

„Mami ist nicht mehr lustig, nicht lustig, lustig. Wir bleiben drinnen, drinnen, warme Füße, Füße, Füße."

Emma schaut Mami an, überlegt kurz. Flugs zieht sie die Stiefel an, und hinaus geht es in die klirrende Kälte.

KINDHEITSERINNERUNGEN
Samstag/Sonntag

Schwingendes Glockengeläute holt mich Sonntag morgens aus dem Schlaf. Ich gehe in die große Bauernküche. Mein Vater frühstückt am Tisch: Brot in Milch getunkt. Eigentlich hätte ich auch Hunger, aber ich muss nüchtern bleiben. Ich werde zur Kirche und dort zur Kommunion gehen. Das habe ich so in der Schule gelernt. Meine Mutter und meine Großmutter machen das auch so, aus Gewohnheit.

Mein Vater macht das nicht. „Die Pfaffen sind alle Schmeichler und Lügner," brummelt er. Ich lasse ihn reden. Ich gehe gern in die Kirche, weil es dort so schön ist, und weil ich mein Sonntagskleid und meine weißen, lochgestrickten Kniestrümpfe anziehen darf. Und nicht nur das! Auch frische Unterwäsche nach dem Bad in der Zinkwanne am Samstagabend.

Ach, die Badewanne! Mein Bruder und ich dürfen als erste in das warme, auf dem Herd in einem Kessel erhitzte Wasser steigen, ehe die Erwachsenen nach und nach an der Reihe sind.

Nach der Kirche muss ich das schöne Kleid ausziehen, damit ich es beim Mittagessen nicht bekleckere. Nach dem Essen darf ich es wieder für den Sonntagsspaziergang durch die herrlichen Parkanlagen unseres psychiatrischen Landeskrankenhauses anziehen.

MEIN GROSSVATER

„Jó éj szaka, und das Licht war aus" ist nur eine Begebenheit aus dem Leben meines Großvaters, von denen er mir sehr viele erzählte. Es war die Geschichte wie er In einem Hotel in Budapest die elektrische Lampe mit seinem Hausschuh ausschlug, da er, als Bauer vom Land, sich nicht anders zu helfen wusste.

Opa Franz war der Vater meiner Mutter. Er war nicht gerade ein Adonis der Männerwelt, eher klein, kurz von Gestalt, rundlich und das stets rote Gesicht unter einem raspelkurzen Haarschnitt.

Die Nachbarn und die Mitmenschen, die ihn kannten, schätzten ihn sehr. Nicht so mein Vater, dessen mitfühlendes, zur Nachgiebigkeit neigendes Verhalten nicht seinem Idealbild eines Schwiegersohnes entsprach.

Er war der Patriarch unserer Großfamilie, der für mich immer Zeit hatte und mir vieles zu erzählen wusste. Ich konnte fühlen, dass ich für ihn der Ersatz für seine mit neun Jahren verstorbene Tochter war. Auch wenn er anderen Menschen gegenüber oft sehr schroff und direkt sein konnte, strengte ich mich an, so zu sein, wie er mich gerne hatte.

Eine Liebe, die nicht stirbt

In der ungarischen Tiefebene, da, wo sich die Donau entschließt, nach Osten zu fließen, in einem Herrenhaus.

Ich bellte laut, wenn jemand an das eiserne Hoftor kam. Eine Klingel gab es nicht. Ein ungarischer Hütehund muss normalerweise einem Hirten helfen, die Schafe zusammen zu halten. Aber ich musste nur das Haus der Familie, die Stallungen und die Obst- und Gemüseanlagen bewachen.

An einem warmen Sonnentag kam meine Herrin mit einem Korb aus dem Haus. Darin lag ein kleines Menschlein, in Kissen gebettet.

„Josci, das ist unsere kleine Anci. Auf sie musst du nun auch aufpassen." Sie war so klein und süß, mit ihren vielen schwarzen Haaren! Sie wollte ich ganz besonders beschützen. Deshalb schlug ich schon laut Alarm, wenn jemand auch nur in die Nähe des Hoftors kam und sie im Kinderwagen im Hof war.

Wenn sie auf einer Decke im Garten lag, legte ich mich neben sie. Sie streckte ihre Händchen nach mir aus. Als sie schon ein bisschen älter war, kraulte sie mein dichtes, weißes Fell. Ich streckte ihr meine Pfote entgegen. Sie ergriff sie, und oft hielten wir uns beide fest umschlungen. Ich liebte dieses Menschenkind! Und sie mich auch. Das spürte ich in meinem ganzen Hundekörper, vom Kopf bis in die Spitzen meiner Hinterpfoten.

Als Anci laufen konnte, kam sie schon morgens im Schlafanzug zu mir. Wir balgten und umarmten uns.

Mal lag sie auf mir, mal ich auf ihr. Sie fing an, auf mir zu reiten. Es war mein größtes Vergnügen, wenn ich ihr weiches Körperchen auf meinem Rücken spürte.

Eines Tages wurde der jüdische Knecht meiner Herrenleute abgeholt. Er kam nicht wieder. Anica weinte dicke Tränen bei mir, denn er war ihr liebster Menschenfreund gewesen. Ich versuchte, sie in ihrem großen Schmerz zu trösten und leckte ihr die Tränen aus dem Gesicht.

Bald danach merkte ich eine allgemeine Unruhe und Geschäftigkeit im Haus. Koffer wurden in einen Pferdewagen getragen, und Wertsachen wie Porzellan und Silber im Garten vergraben.

Anci kam zu mir, legte sich auf mich und kraulte, wie immer, mein Fell, das sie so liebte und sagte: „Jocsi, wir müssen von hier fort. Es kommen böse Soldaten. Aber du darfst nicht mit, sagt die Mami, du musst hier alles bewachen."

Wieder liefen dicke Schmerztränen an ihren Wangen hinunter. Auf meine Hundeart weinte ich mit ihr. Wir klammerten uns ein letztes Mal fest aneinander. Ich konnte ihr kleines Herz pochen fühlen. Sie bestimmt auch meines. So lagen wir, bis ihr Opa kam und sie hochhob.

Anci schrie laut und strampelte. Ich bellte aus Hundekräften, als wir auseinandergerissen wurden. Großvater gab sie schnell ihrer Mami in die Arme, schwang sich auf den Wagensitz, schnalzte mit der Peitsche, und weg waren sie.

Der Herr des Hauses musste allein flüchten. „Jocsi," sagte er, „ich geh' nicht zurück zum Militär. Ich muss mich verstecken. Ich schütte den Hof voller Getreide zum Fressen für die Kühe, Gänse und Hühner. Ich lasse sie alle frei. Und du, bewache sie gut. Für dich ist Fleisch in der Remise." Fluchs setzte er sich auf sein Pferd und war weg.

Anci hatte recht. Einige Tage später knallte und krachte es. Wilde Tschetniks überfielen das Dorf und schossen auf alles, was ihnen in den Weg kam, auch auf das Hoftor und brachen es auf. Ich bellte, so laut ich konnte und fletschte meine Zähne, als die Horde den Hof und die Tiere mit krachenden Gewehrsalven überrannte. Es half nichts. Ich sah nur noch das hässliche Grinsen eines Partisanen. Plötzlich, ein ohrenbetäubender Knall!

Sieben Jahrzehnte später. Es ist Herbst. Jetzt ist ein Polizist in Deutschland mein Herr. Er trinkt gerne neuen Wein. Wir gehen zusammen zu einer Winzerrast.

Da sehe ich sie sitzen. Anci! Sie hat jetzt weiße Haare. Sie schaut mich an. Unsere Blicke treffen sich. Wir schauen uns tief in die Augen. Wir erkennen uns. Anci nimmt meinen Kopf in ihre beiden Hände. Sie krault mein Fell. Es fühlt sich an wie damals. Ein wohliger Schauer durchströmt meinen Körper. Ich spüre, wie auch sie zittert. Unsere Liebe hat uns wieder, wie vor 70 Jahren.

Da höre ich Anci meinen Herrn fragen: „Was ist das für eine Rasse?"

„Ein ungarischer Hütehund, gutmütig und kinderlieb," antwortet er.

FLUGZEUGBENZIN

„Nanni, heute machen wir etwas ganz Schönes!" „O ja," reagierte ich spontan.

Ich hätte alles mit meinem Vater gemacht, den ich seit fast einem Jahr so sehr vermisst hatte. Der Krieg war zu Ende, und mein Dadi wieder bei uns, nachdem er von der ungarischen Armee desertiert war und sich versteckt halten musste.

Wir gingen vor das Haus. Die Sonne schien von einem strahlend blauen Himmel, Schmetterlinge tanzten vor meiner Nase. Drei Nachbarskinder gingen mit uns. Wir liefen ausgelassen über die saftigen Wiesen, nur Sandalen an den Füßen, die Grashalme kitzelten so schön an unseren Beinen.

„Wisst Ihr, was wir heute machen?" Mein Vater wartete erst gar keine Antwort von uns ab. „Wir holen Benzin aus einem Flugzeug."

Ich konnte meine Zweifel nicht zu Ende denken, wie das gehen sollte, kannte ich doch Flugzeuge nur in der Luft, und da machten sie mir Angst, ließen mich am ganzen Körper zittern. Jeden Moment konnte eine Bombe aus ihnen fallen.

„Dort drüben liegt es", unterbrach Dadi meinen Gedankenstrom. Da sah ich es. Wieder fing ich an zu zittern. Mein Vater sah mich an und verstand sofort. „Es kann uns nichts mehr machen. Es ist abgeschossen worden. Verstehst Du, es ist tot." Zaghaft näherte ich mich an seiner Hand dem Flugzeug. Tatsächlich, es war kaputt.

Die anderen Kinder kletterten lachend auf das Flugzeug. Schließlich traute ich mich auch. Als ich sah, wie sich Dadis Blechkanne mit Flugzeugbenzin füllte, und er sagte, "jetzt hab' ich Feuerzeugbenzin für mindestens 5 Jahre, war ich stolz, an so einer heroischen Expedition teilgenommen zu haben, und ich hatte durch das da liegende Wrack, über meine bisherige Angst vor Flugzeugen gesiegt.

CARE-Pakete

CARE-Paket, das Zauberwort, dessen Inhalte die Erfüllung von Wünschen enthielten, die man sich seit Jahren hatte versagen müssen.

Schon allein der Name! Was verbarg sich dahinter? Sorge, Pflege, Fürsorge, Anteilnahme?

Vielleicht entsprechen alle Übersetzungen dem, was sich darin verbarg.

War es einfach nur eine Hilfsaktion für die notleidende deutsche Bevölkerung in der amerikanischen Besatzungszone?

Wie dem auch sei, jeder wollte mit solch einem Paket gesegnet werden.

Wir hatten besonderes Glück. Die Schwester meiner Großmutter war nach Detroit ausgewandert. Unser Care-Paket kam direkt von ihr.

Andächtig, umgeben von den erwartungsvollen Gesichtern der ganzen Familie öffnete mein Vater das erste Paket. Neben Grundnahrungsmitteln und Konserven lag da ein grasgrüner Strickanzug mit langer Hose, Jacke und Mütze für mich. Er war wunderschön. Alle Kinder würden ihn bestaunen. Auch Großmutter freute sich darüber, wusste sie doch gleich, dass ich die grüne Hose auch unter den dicken dunkelblauen Trainingspluderhosen tragen könnte, wenn es sehr kalt werden würde. Und es wurde kalt im Winter 1947/48. Unter dem Anzug lagen noch viele andere, sorgfältig verpackte kleine Päckchen. Auf dem einen stand: „Milk Powder". „Also Milchpulver" stellte Vater fest und sagte: „Damit kann man Milch machen, wenn man es in Wasser auflöst." Also musste es sich mit Spucke im Mund auch auflösen wie Brausepulver, dachte ich und probierte es gleich mit einem Kaffeelöffel. „Welch ungeahnter Genuss!" Das Milchpulver wurde zu einem weichen Vanillebrei, den ich mit der Zunge so wunderbar aufschäumen konnte. Ich war überzeugt: „So mussten die Süßigkeiten im Schlaraffenland schmecken."

„Mach weiter, Papa!" Was war in dem gelben Päckchen? „EggNog" stand da drauf. Ich probierte. Es war Eipulver. Auch das entfaltete in meinem Mund ein echtes Ei-Aroma, war aber etwas trocken und langweilig im Vergleich zum Milchpulver. Dann kamen Kakao und Schokolade zum Vorschein. „Hershey's" wurde das Simsalabim-Wort für mich. Hershey's! Schon die Verpackung mit dem silbern sinnlichen Schriftzug ließen mir das Wasser im Mund zusammenlaufen. Ganz vorsichtig, um nicht das Papier zu beschädigen, die Aluminiumfolie wollte ich in voller Größe erhalten, packte ich die Schokolade aus. Auf jeder einzelnen Schokoripppe stand noch einmal der verheißungsvolle Name „Hershey's". Ich steckte die erste Rippe in den Mund. Oh, wie watteweich fühlte sie sich an. Sie füllte meinen ganzen Mundraum fast berauschend mit vollem Kakao-Aroma.

Ich schwor mir: nie mehr würde ich die kratzige, harte, deutsche Nachkriegsschokolade essen!

Der Mann am Nebentisch

Ist er eine Skulptur oder ist er wirklich ein lebender Mensch? Bewegungslos sitzt der mit einem schwarzen Polo gekleidete, eigentlich interessant aussehende Mann breitbeinig am Tisch, eine schwarze Strickjacke lässig um die Schulter geschlungen. Sein Gesicht ist im Profil fast klassisch männlich, die Haut leicht gebräunt, von grau meliertem Haar umkränzt. Ist er ein Südländer, war er im Urlaub im Süden oder geht er regelmäßig ins Bräunungsstudio? Doch, was macht er mit seiner rechten Hand? Weich, regelmäßig, man könnte fast sagen „streichelt" er sein Smartphone. Er möchte ihm so viele Geheimnisse entlocken, aber weshalb ist sein Mund dabei so verkniffen? Von den Lippenwinkeln graben sich tiefe Gefühlsfalten schräg in Richtung seiner schön geformten Ohren.

Die Frau in mir beginnt zu träumen. Aber weg da, ihr verführerischen Gedanken. Er ist sicher ein Geschäftsmann, vergleicht die letzten Börsenkurse nach dem EZB-Beschluss und ist verheiratet. Er hat bestimmt keine Zeit für romantische Gefühle, die sein Aussehen provoziert. Säße er sonst allein hier, sein Smartphone streichelnd?

Doch jetzt kommt Bewegung in die Szene. Die Bedienung serviert eine wagenradgroße, mit roter Serviette garnierte, Pizza und dazu ein großes, männliches Bier. Mit vollen Backen macht er der Pizza den Garaus.

Na ja, denke ich, vielleicht ist er doch genussfähig!

DER MANN VON GEGENÜBER

Meine Mutter schiebt den Vorhang ganz zur Seite. Was will sie sehen?

Ich schaue auch hinaus. Dort drüben steht das Doppelhaus der Nachbarn: Erdgeschoss mit Terrasse vor dem Wohnzimmer, darüber Balkon mit Schlafzimmer dahinter. Nichts Besonderes. Die Liege vom letzten Sonnenbad steht noch auf der Terrasse. Die andere Doppelhaushälfte ist genau gegengleich, nur die Liege fehlt.

„Da geht ja gar niemand!" meint meine Mutter. Doch, da kommt eine junge Frau mit Kinderwagen. Na, endlich! Wie sagte unlängst mein Sohn? „Zwei Autos gleichzeitig in dieser Straße sind schon ein Stau."

Da wird das Schlafzimmerfenster gegenüber geöffnet. Da steht der betagte Nachbar, in vollem Speckumfang die Fensteröffnung ausfüllend. Nun hängt er seinen massigen Oberkörper über die Brüstung, schaut nach rechts, schaut nach links. Sein Maul öffnet sich gierig nach vorbeigehender menschlicher Beute. Seine gelbe Zahnlückenfront fletscht er schon genüsslich.

„Oh nein, hat mich dieser entsetzliche Mensch etwa gesehen?"

Ich wende mich ab und flüchte mich ins Schlafzimmer. Ich wollte mich soundso kurz hinlegen. Ich schließe meine Augen.

„So, jetzt hab' ich dich!" Er reißt mich an sich, bohrt mir sein ekliges Gebiss in den Hals, wirft mich auf den Boden und liegt plötzlich über mir.

Zitternd vor Angst reiße ich mich unter ihm weg und aus meinem Albtraum.

DER UNSICHTBARE NACHBAR

Gemächlich steuert er seine Limousine der oberen Preisklasse durch das Wohngebiet gleicher Klasse. Nur nicht schneller fahren als die erlaubten 30 Stundenkilometer, wie sie das Verkehrsschild vorschreibt.

„Sind das nicht Mira und Bernhard?" fragt er sich, als er an dem Hand in Hand schlendernden Paar vorbeifährt.

„Jetzt muss ich aber doch etwas Gas geben. Ich muss in der Garage sein, bevor sie in unsere Straße einbiegen. Und dann schnell ins Haus. Ich muss sie vom Essplatz aus hinter den Schiebegardinen beobachten. Wie gut, dass ich immer einen Spalt offenlasse," setzt er sein Selbstgespräch fort.

Da biegen sie auch schon um die Ecke. „Ist der aber schlecht zu Fuß. Ja, das Alter! Komisch, sie ist doch genauso alt wie er. Und, wie schon vor 30 Jahren fällt ihr Blondhaar, jetzt allerdings gefärbt, in großen Barocklocken auf ihren im Schritt wippenden Körper."

Nun muss ich etwas weiter zurücktreten, sonst können sie mich sehen.

Nur nicht gesehen werden oder sich beim Sehen ertappen lassen.

Aber ich will alles sehen, will die Vorübergehenden sehen."

Manchmal unterbricht er sogar auch sein Essen, damit er richtig beobachten kann. Den großen Garten hat er mit Thujabäumen eingefasst. Sie sind so dicht und hoch, dass ihn die Nachbarn nicht einmal von ihrem Obergeschoss aus sehen können.

Dass seine Frau sich wegen des grauenhaften Geruchs der Hecke, wie auf dem Friedhof fühlte, hatte sie ihm zwar schon oft gesagt, aber er wäre nie ihrem Wunsch nachgekommen, sie kürzen oder gar entfernen zu lassen. „Sie wird sich schon daran gewöhnen oder gewöhnen müssen." Dass sie ihn bei einer Thujahöhe von 3 Metern verlassen wird, war für ihn bis dahin einfach undenkbar.

Diese geschosshohe und gepflegt dichte Hecke hielt zwar die ihm verhassten Einblicke der Nachbarn fern. Aber, wenn er sie mit beiden Händen, die Kraft der Oberarme zu Hilfe nehmend, auseinanderbog, hatte er die besten Ausblicke und konnte beobachten, was der Nachbar alles falsch machte: „Die Blumen mit Sieb von oben in der Sonne gießen, schockt sie. Das ist so, wie wenn ich mich in der Sonne unter die Gartendusche stellen würde," sinnierte er.

Jetzt lebt er allein in dem Haus. und ist glücklich, dass er sich abends allein, ohne schlechtes Gewissen, unter seinem überdachten Freisitz verkriechen kann.

Seine Frau jedoch liebte den freien Blick von der Südterrasse in den herrlichen, großen Garten und freute sich, wenn sie dem, seine Geranien gießenden Nachbarn, zuwinken konnte.

COCKTAIL PARTY MIT BERLINER PROMINENZ

Festlich leuchtende Kandelaber und duftende Blumenarrangements empfingen mich im Foyer der Villa „Im Dol". Mein Chef, der amerikanische Flughafenkommandant, Colonel Kenney, kam mit einem Glas Sekt auf mich zu. Die ersten Gäste waren bereits hereingebeten worden. Noch etwas unsicher, es war mein erster Einsatz als Dolmetscherin mit so viel Prominenz, versuchte ich, mich immer einsatzbereit in der Nähe meines Chefs aufzuhalten. Unter seinem mich beruhigenden Blick stellte ich ihm die Bezirksbürgermeister von Tempelhof, Kreuzberg, Charlottenburg und Neukölln und auch verschiedene Industriebosse dieser Stadtteile vor. Doch das Defilee erreichte seinen Höhepunkt als der Regierende Bürgermeister und spätere Bundeskanzler, Willy Brandt, in dieser vornehmen, eleganten Gesellschaft empfangen wurde. Wie zwei vertraute Freunde begrüßten sich Gast und Gastgeber in Englisch. Dolmetschen war für mich nicht nötig.

Ich war sofort von Willy Brandts Charme überwältigt und stellte mir vor, wie neidisch meine Freundinnen zu Hause sein würden, wenn ich ihnen das erzählte, und dass er mir warm die Hand gedrückt hatte. Aber es war keine Zeit, meinen Gedanken oder Gefühlen nachzuhängen. Ich hatte eine klare Aufgabe. Ich musste darauf achten, wo ich überall zum Übersetzen gebraucht wurde.

Plötzlich, als ich einen Gesprächsbeitrag der Frau des stellvertretenden Airport Commanders übersetzt hatte, fühlte ich weich eine Hand an meinem Ellenbogen. Es war Willy Brandt. Er flüsterte mir ins Ohr: „Ein kleiner Tipp: in diesen Kreisen heißt es nicht „die Frau des Commanders, sondern die Gattin. "Ich drehte mich um. Er schaute mir, charmant lächelnd, in die Augen. Mir wurde glühend heiß, und gleichzeitig durchwogte ein welliger Schauer meinen ganzen Körper. Er hatte erkannt, dass ich mich zum ersten Mal in derart gehobenen Gesellschaftskreisen bewegte. Er war tatsächlich der „Womanizer", wie er oft in den Klatschspalten von Illustrierten genannt wurde.

Diese Begegnung hielt mich für den Rest des Abends wie in einem wunderschönen Taumel gefangen. Ich nahm alles nur wie von weitem wahr und merkte gleichzeitig, dass ich beruflich zu Hochform auflief. Gegen 22.00 Uhr, wie als Zeitbegrenzung auf der Einladung angegeben war, verabschiedeten sich die ersten Gäste.

Eine halbe Stunde später öffnete mir der Chauffeur galant die Wagentür des Mercedes meines Chefs, und ich ließ mich, von den vielen Eindrücken berauscht und den verschiedenen Gesprächen nachhängend, wie eine Königin nach Hause chauffieren.

DER ERSTE CORONA-FRÜHLING

Ich sehe sie beide schon von weitem sitzen, dort oben in dem achteckigen Bussierhäusel, ein aus dünnen, geschliffenen Baumstämmen, wie ziseliert, gezimmerter Pavillon.

Er lehnt sich an die halbhohe Rückwand der darin umlaufenden Bank. Sie schmiegt sich von der Seite an ihn, ihre Beine quer über seine Oberschenkel ausgestreckt, und genießt, wie er zärtlich ihre Beine streichelt, von der Hüfte bis zum Knie und weich wieder zurück.

Ich setze mich, von den beiden unbemerkt, außerhalb des Häuschens auf eine Bank. Meine Augen schweifen im Halbkreis ins Tal. Seltsam, wie unbeschreiblich schön die Natur dieses Jahr ist. Alle Obstbäume blühen gleichzeitig und in den Vorgärten die Frühlingsblumen in bunter Farbenpracht, rote Tulpen, blaue Hyazinthen, rosa Magnolien und gelbe Forsythien. Über mir ein strahlend blauer Himmel! Mir kommt es vor, als ob die Natur erleichtert aufatmet und sich entfaltet, weil dieser kleine, aber ungeheuer starke Virus Corona unsere sonstige Hektik und Geschäftigkeit ausbremst.

Meine Gedanken gehen fünfmal zehn Jahre zurück. Eng umschlungen saßen auch wir beide, mein Verlobter und ich, dort drinnen in dem romantischen Bussierhäusel. Die Welt um uns war so friedlich und frühlingslau wie heute. Ich schmiegte mich unter seine schwarze Lederjacke, wie um in ihn, bis tief drinnen, hineinzukriechen.

„Ja, nur wir zwei hier, ganz allein" unterbrach die Stimme des Mannes meine Gedanken. Er nimmt die Frau liebevoll in den Arm, „und wenn ich auf die Autobahn hinunterschaue und nur wenige Autos sehe, und sie kaum noch höre, kommt es mir vor, als ob die Welt den Atem anhielte. Auch die Kühltürme des Atomkraftwerks sehen im leichten Nebel nicht so bedrohlich aus wie sonst. Und dort drüben auf dem Berg leuchtet das Dach der Wallfahrtskapelle so strahlend, als ob es uns mit seinem Glanz zum Triumph über den bedrohlichen, unsichtbaren Erreger ermutigen wollte."

Kann dieser mir unbekannte Mensch meine Gedanken lesen?

„Stimmt, Liebling! Aber weißt Du, was mir Angst macht?" höre ich dann die Frau sagen: „Schau mal auf das Hinweisschild dort drüben. Wir waren fast grenzenlos mit unseren Freunden in den Partnerstädten in Frankreich, den USA, Polen und Portugal verbunden. Und nun sind die Grenzen wegen der Kontaktsperre dicht, und wir können selbst unsere Kinder in Porto und Krakau nicht besuchen. Das tut mir einfach weh. Und überall sterben Tausende von Menschen. Ärzte und medizinisches Personal kämpfen oft vergeblich um Menschenleben. Ich habe einfach Angst."

Ich sehe, wie er zärtlich ihren Kopf in beide Hände nimmt, sich ihrem Mund nähert, sie innig küsst und tröstend sagt: „Solange wir uns haben, kann so ein Virus uns nicht wirklich zerstören. Wie sagte Ernest Heminway: „A man can be destroyed, but never defeated."

„Ja, stimmt", pflichte ich ihm gedanklich bei und erinnere mich, dass mein Mann und ich uns das auch sagten, als wir damals beschlossen, unser gemeinsames

Leben in dem durch die deutsche Teilung bedrohten Berlin zu verbringen.

Die Frau dort oben kuschelt sich wieder an die Brust ihres Mannes.

Ich schaue in die Ferne und sehe im Westen die nun in dichten Nebel gehüllten Kühltürme des Atomkraftwerks. Wieder gehen meine Gedanken in die Vergangenheit. Vor zehn Jahren, als mein Mann noch lebte, saßen wir in Frankfurt am Flughafen fest und konnten unsere Freunde in Chicago nicht besuchen. Unser Flug war plötzlich storniert worden, nicht wegen Nebel, wie ich ihn dort drüben sehe. Nein, es war wegen der gewaltigen Wolkenschwaden von Vulkanasche, die von Island her den Himmel verfinsterten. Der Vulkan mit dem unaussprechlichen Namen Eyjafjallajökull war unter einem riesigen Gletscher von 1500 m Höhe ausgebrochen und hatte Asche mit dem darüber liegenden Eis in die Luft geschleudert. Es war das totale Chaos, 100 000 Flüge fielen aus. Die Flugzeuge standen am Boden, genau wie jetzt. Vor 10 Jahren war es der Vulkanausbruch, heute ist es der Ausbruch der Pandemie Corona, der die Menschen zum Innehalten zwingt.

Ich war damals sehr enttäuscht und traurig, dass wir wieder nach Hause fahren mussten. Mein Mann aber nahm mich tröstend in seine Arme und sagte: „Solange wir uns haben, können uns solche Dinge nicht wirklich etwas anhaben."

Nun haben wir uns nicht mehr. Ich stehe auf, und werde nach Hause gehen.

Ich drehe mich um und schaue wieder hinauf zu dem Paar im Häuschen.

Sie halten sich fest umfangen.

FÜR DICH:
LIEBE, SONNE, ROSE

Drei Worte nur. Für uns, unser Leben, alles, was wir haben und uns wünschen.

Ich sah dich im hellen Sonnenschein. Dein lichtdurchflutetes Haar glänzte mit der Sonne um die Wette. Der säuselnde Wind erfasste Deine goldblonde Seitenlocke und verdeckte, nein, verstärkte das Meerblau deiner Augen.

Ich sah dir in die tiefblaue See dieser Augen, fasste zaghaft nach Deiner Hand. Du schautest mich an. Wie ein Feuerstrahl entzündete sich bei diesem Blick unsere Liebe füreinander.

Liebe, die unserer beiden Leben lang uns durchflutete, wärmte, trug, uns in Geborgenheit umfing. Unsere Liebe flammte damals auf, durchzuckte mich und brannte weiter.

Und heute, nach so vielen Zeiten der Liebe ist sie für mich wie eine Rose. Die Flamme von damals war die Knospe, erblühte zu voller Schönheit, Farbe und Intensität und versprüht jeden Tag ihren uns berauschenden Duft. Sie wird jeden Tag voller und vollkommener.

EINE LIEBE IM HERBST

Es ist einer dieser zwischenjahreszeitlichen Sonntage. Die Sonne hat es noch nicht ganz geschafft, die Wolkendecke zu durchbrechen. Ich möchte noch Sommer atmen, meine Melancholie über den sich anbahnenden Herbst aus mir ausatmen.

Ich schlendere gedankenverloren durch den leicht feucht ausdünstenden Wald. Ein Sonnenstrahl bricht durch das schon schüttere Laub der Bäume. Da sehe ich ihn.

Ein Mann! geerdet zu Fuße eines riesigen Baumes, dessen Wurzeln sich bizarr und weit verzweigt in den moosigen Waldboden gegraben haben. Der Baum beschützt ihn mit seinem wie von einer Elefantenhaut überzogenen Stamm. Er überträgt seine jahrhundertealte Erfahrungsweisheit auf ihn. Er schaut entspannt mit von einem Sonnenstrahl beleuchteten Blick wie in die Zukunft, weit in den Himmel.

Ich halte, etwas entfernt von ihm, inne. Ich beobachte ihn und möchte fühlen, weshalb er gerade hier so allein, und doch so entspannt in die Ferne schaut. Der Wald umhüllt uns beide, umgibt uns wie ein weicher, warmer Mantel.

Ich nähere mich ihm mit zaghaften Schritten. Es ist still, waldesstill, nur die Blätter rascheln leise unter meinen Füßen. Er blickt auf, lächelt mir zu. Ich setze mich schweigend neben ihn. Auf den kräftigen Baumwurzeln ist für mich auch noch Platz. Er legt seinen Arm um mich. Ich wünsche mir, Ewigkeiten so zu sitzen. Und es beginnt eine Liebe mit dem Reiz der Unendlichkeit.

DIE GLUT IST ERLOSCHEN

Lese ich im Nachruf einer Tageszeitung.

Was heißt schon „die Welt"? Die Gesamtheit der Menschen? Die Literaten? Die Literatur-Professoren? Die wissenschaftlich Sezierenden, die Günters geradlinige Kritik zu analysieren versuchten?

„Die Glut ist erloschen!" Das ist es. Das trifft mich. Seine Glut, die an einem Sommertag im Jahr nach der Wende meinen Körper durchströmte, mich erwärmte und in einen taumelnden Rausch versetzte.

Wir hatten uns nach einer Lesung seines Romans „Unkenrufe" kurz in die Augen geschaut. Er fragte mich nach meinem Namen für die Widmung in seinem Buch. Er schrieb „Siri, morgen um fünf Uhr am Strand von Sierksdorf?"

Ich kam. Er kam. Wir setzten uns in den Sand und schauten auf das Meer hinaus. „Wie empfindest du die deutsche Wiedervereinigung?" fragte er völlig unvermittelt. Wir redeten und redeten, zwei Geschwister im Denken. Plötzlich lehnte er sich zurück und sagte: „Schau Siri, dort oben findest Du die ewige Wahrheit." Ich legte mich neben ihn. Er legte seine Pfeife auf die Seite und umschlang mich. Ich spürte seinen warmen, kraftvollen Körper und schaute in seine tiefgründigen, schwarzen Augen. So lagen wir, aneinander geschlungen, eine ganze Weile. Unser Atem mischte sich. Genüsslich sogen wir unsere Körperdüfte wohltuend ein.

Doch so plötzlich wie sich Günter hingelegt hatte, schnellte er auf und sagte: "Hab Dank für diesen für mich so unvergesslichen Nachmittag. Frauen wie Dich habe ich nur wenige kennengelernt. Adieu, Du junge, intelligente, schöne Siri. Eine letzte Umarmung, er drehte sich um und ging bedächtigen, wiegenden Schrittes in die Stadt.

Ich habe Günter nicht wieder getroffen. Doch die Begegnung mit ihm war von einer geistig und körperlich bebenden Intimität, wie ich sie nie wieder erlebt habe.

GEDANKEN ZU EINEM SCHLÜSSEL

Schlüssel: schließen, verschließen, Schloss, nein, das ist es nicht. Schlüssel ist aufschließen, öffnen, sehen, was dahinter ist, eröffnen, Weite, Helligkeit, Neues, Schauen, Lernen, also Schlüssel zum Erfolg. Aber noch mehr aufschließen, um Verbotenes zu sehen, sehen, was sich dahinter verbirgt.

Als kleines Schulmädchen gehe ich an einem großen Haus mit verbrettertem, verschlossenem Tor vorbei. Niemand sagt mir, was dahinter ist. Ich linse durch die Astlöcher. „Ach, was für ein herrlicher, großer Saal mit wunderschöner Deckenmalerei."

Mein Vater sagt mir, „das war eine Synagoge."

„Was ist eine Synagoge, weshalb ist sie verschlossen?"

„Es ist eine Kirche für Juden." „Was sind Juden?" Großvater weint um unseren Knecht, der jüdischen Glaubens war.

Ich lese alles, was ich dazu finden kann, in meinem Lexikon. Ich beginne zu begreifen, weshalb verboten, weshalb verschlossen. Ich hatte mir den Schlüssel dazu gewünscht. Nun habe ich ihn in der Hand. Das Lexikon, der Schlüssel zu meinen vielen Fragen, zu Wissen, Verständnis, zum Hinterfragen, zum Erfolg.

Ich habe so oft gehört: Schlüssel zum Herzen. Ein Herz braucht man nicht aufzuschließen. Das ist immer offen, nur manchmal verstellt durch Sorgen, zugemüllt durch schlechte Erfahrungen oder auch vereist. Es braucht nur Wärme.

Die erste Urlaubsfahrt einer jungen Familie

Vater kennt viel von der Welt, interessiert sich für Vieles und möchte seinen Vorschulkindern Berge und Meer zeigen, die sie nur aus den Tip-Toy-Bilderbüchern oder vom Hören der Toni-Figuren kennen. Mutter dagegen würde die heimatliche Umgebung genügen. Sie fliegt nicht gerne und könnte auch zuhause gut entspannen.

Dennoch, der Kofferraum des SUV wird durch eine Gepäckbox auf dem Dach erweitert, d.h. ausreichend gemacht für die riesigen Schwimmtiere zum Einsatz am kleinen Pool des gemieteten Hauses und für die Strandmuschel am Meer. Nicht zu vergessen ist die mannigfaltige Garderobe für Mutter und Tochter. Man will sich schließlich zeigen im Urlaub.

Eine Stunde nach der ursprünglich geplanten Abfahrt wird das Unternehmen gestartet. Gespannt auf das erste Reiseabenteuer mit der Familie biegt Vater auf die Autobahn. „Halt an!" befiehlt Mama, „ich habe mein Schlafkissen vergessen!" Anhalten auf der Autobahn geht nicht, also bei der nächsten Ausfahrt umdrehen und das Kissen holen. Eine weitere Stunde Verspätung der Abfahrt.

Drei Stunden lang schauen die Kinder interessiert in die vorbeifliegende Landschaft und Mama auf ihr Smartphone. Dann wollen auch die Kinder lieber auf einen Bildschirm als auf Landschaft und einen träge dahinfließenden Autobahnverkehr schauen. Wie gut, dass es Mattel-Filme mit schrillem, möglicherweise das Trommelfell schädigendem Gekreische gibt. Insgesamt drei Stunden später als geplant, wird schließlich das nette Hotel in den Dolomiten erreicht. Aber die Zeit für das Abendessen der Hotelgäste ist vorbei. Man muss sich mit einem kleinen Imbiss à la carte begnügen.

Herrlicher Sonnenschein lockt die Familie am nächsten Tag zu einer Seilbahnfahrt hinauf in die Bergwelt, wie sie die Kinder aus den „Heidi"-Filmen kennen. Aber Mama hat Höhenangst. Schließlich siegt die Überredungskunst von Papa und den Kindern. Mama kauert sich in der geschlossenen Gondel auf den Boden, damit sie auf keinen Fall in die Versuchung kommt, nach unten zu schauen. Oben angekommen, breitet sich eine wunderbare Abenteuer- und Entdeckungswelt für Kinder vor ihnen aus. Die Attraktion ist ein kleiner flacher See, auf dem sich Kinder anhand von zwei Seilen auf einem Floß von einem Ufer ans andere ziehen können.

„Die Kinder allein auf dem 30 cm tiefen See, das geht nicht," denkt Mama und steigt mit auf das Floß. Dieses jedoch, aufgrund einseitiger Überlastung, kentert, und Mama mitsamt Kinderflößern steht im knietiefen Wasser. Die Temperatur in 2000 Metern Höhe ist nicht gerade sommerlich, und alle drei Gekenterten frieren immer erbärmlicher in nassen Schuhen und Strümpfen. So schön die Berggipfel und Almen ringsum auch sind, es muss die Rückfahrt zum sommerwarmen Hotel zu trockener Beinbekleidung angetreten werden, da Mama eine Blasenentzündung und Schnupfen fürchtet. Sie verbringt den Rest des Tages schlafenderweise mit den Kindern, die Filme auf dem I-Pad schauen, im Bett. Papa zieht die Hotelsauna vor.

Der Tag darauf bringt sie alle nach langer, mit vielen Staus beladener Fahrt in das gemietete Haus in der Toskana. Der Swimming-Pool am Haus lädt, nach Ausschlafen und Frühstück Papa und die Kinder zum Baden ein. Mama zieht das Lesen im Schatten auf einer Liege vor.

So vergeht ein Tag nach dem anderen. Die Kunstschätze der Toskana und deren herrliche Landschaft bleiben unbesehen und unbewundert.

Aber die ganze Familie wollte ja auch mal ans Meer. Das aufgeblasene Krokodil und der Dinosaurier müssen im Pool bleiben. Aber, mit Strandmuschel ausgestattet, machen sie sich zuversichtlich auf zur Fahrt ans Meer. Mama kann ihr I-Phone nicht ungeöffnet liegen lassen, scrollt auf ihm rauf und runter, bis langsam Übelkeit in ihr hochsteigt. Unmut darüber regt sich zeitgleich in ihrem Ehemann.

„Ich wusste ja nicht, dass die Toskana so hügelig und kurvenreich ist," versucht sie ihre Übelkeit zu begründen, als schon die kleine Tochter ruft: „Halt an, Papa, mir ist auch schlecht!" Bis dieser zum Halten kommt, hat sie schon ihren Kindersitz, die Rückenlehne des Vordersitzes und die Fußmatten mit dem Mageninhalt von Frühstück und Abendessen des Vortags übelriechend dekoriert.

Es hilft nichts. Sie müssen umkehren und zuhause das Wageninnere waschen und trocknen.

Vater und Sohn holen am Folgetag die Fahrt ans Meer nach.

DIE ZEIT VERWEHT VIELES

Die Beiträge zum Heidelberger Literaturherbst waren bei den Zuhörern gut angekommen. Unsere Anspannung schwächte sich jedoch nur langsam ab. Deshalb wollten wir sie in einer Dorfschänke bei einem Schlückchen in netter Runde ausklingen lassen.

Ein leichter Septemberwind draußen ließ uns drinnen in heimeliger Atmosphäre mit gedämpfter Beleuchtung um einen Tisch zusammenrücken. Über Einzelheiten unserer Texte kamen wir zu persönlichen Gesprächen.

Ich saß neben Helga, die ich schon vor über einem Jahr bei einem Kurs über biografisches Schreiben kennengelernt hatte. Jemand fragte sie: "Hast Du auch in Rot gewohnt, wo Du unterrichtet hast?"

„Nein, ich wohnte in Wiesloch in der Baiertaler Straße und fuhr nach Rot zur Schule."

Da schaltete ich mich in das Gespräch ein. „In der Baiertaler Straße? Da habe ich auch mal gewohnt."

„Ich wohnte in dem mittleren Wohnblock."

„Ich auch, in Nummer 32, im Erdgeschoss."

„Nein, sowas! Wir haben im 1. Stock, nach hinten raus gewohnt, nicht zur Straße hin."

„Wir auch. Wir haben von Herbst 1969 bis März 1970 da gewohnt."

„Dann bist Du die zierliche, junge Frau mit den zwei kleinen Kindern!"

„Das gibt es nicht, Helga, jetzt sehe ich Dein Gesicht von damals. Du hattest halblange, dunkle, glatte Haare und sehr schöne Augen."

„Ja, und nun nach 48 Jahren sind sie nach Augenoperationen klein und die Haare im Kurzhaarschnitt und ihr Grau überfärbt."

Wir fallen uns in die Arme. Wir hatten uns beide nach so langer Zeit nicht wiedererkannt. Die glatten Gesichtszüge der Jugend waren verweht und hatten sich in Charakterzüge unseres gelebten Lebens eingegraben.

Unser Wiedererkennen nahm unser Gespräch kurzzeitig aus der Restrunde heraus. Wir sprachen über Nachbarn, an die wir uns noch erinnerten, ich über die süßen, kleinen, dunkelhaarigen Mädchen der Nachbarin, Helga über deren Mutter, die nachtaktiv das Familieneinkommen aufbesserte, da ihr Gatte mit Nichtstun seinen glatten Teint erhalten wollte.

Am nächsten Morgen erzählte ich meinem Mann von diesem Wiedererkennen. Aber für ihn war sofort wieder alles präsent.

„Klar, das waren doch die Oswalds, die uns so eine schöne Fotokarte zu Weihnachten schickten, sie dunkelhaarig und sehr apart, ihr Mann auch dunkelhaarig und groß, und die kleine Tochter war mit auf dem Foto. Ach, und das von Frau Wagner wusstest Du nicht? Das war doch allgemein bekannt!"

Das wusste ich nicht, aber ich wusste nun, nach so langer Zeit, warum meine Großmutter nur „Pfui" gesagt hatte, als ich damals ihren Namen erwähnte.

Sie hielt es im Kopf
nicht mehr aus

Da lag sie, 53 Jahre alt, Mutter von vier erwachsenen Kindern, auf der Intensivstation des Universitätsklinikums. Ich war zu ihr geeilt und stand nun neben ihrem Bett. Mein Mann, ihr Bruder, hatte nicht die Kraft, sie so zu sehen.

Infusionsschläuche pumpten Rettungsflüssigkeiten in ihren bis zu den Brüsten entblößten Körper. Ihr meistens von Alkohol und Zigaretten rot gezeichnetes Gesicht war nun bleich und seltsam entspannt. Ich berührte ihren nackten Körper, der vom Arbeiten im Garten leicht gebräunt war.

Vor mehr als 30 Jahren war sie eine attraktive, fast rassige, dunkelhaarige Schönheit gewesen, die zweimal zur Weinprinzessin gewählt worden war, umschwärmt von den jungen Männern der Weinstadt.

Doch sie entschied sich für einen sechzehn Jahre älteren Witwer, dessen Frau bei der Geburt des ersten Kindes gestorben war. Er besaß eine komplett eingerichtete Zweizimmerwohnung. Für sie fühlte sich dort alles gut an. Sie war glücklich mit ihrem sexuell erfahrenen Ehemann. Sex vor der Ehe war für sie als streng katholisch erzogene Tochter bis dahin tabu gewesen.

Als ich gedankenverloren ihr Leben an mir vorbeiziehen ließ, holte mich ein Arzt aus meinen Gedanken. Er schob den Paravent um ihr Intensivbett beiseite und bat mich vor die Tür zu ihrem dort sitzenden Bruder.

„Es tut mir leid, Ihnen das sagen zu müssen, aber,

wenn Ihre Schwester die nächsten 24 Stunden überlebt, wird sie ein Pflegefall für immer sein." Gab es denn vorher schon irgendwelche Anzeichen für diesen Schlaganfall?" fragte er uns.

Wir konnten uns beide an nichts erinnern.

Ich ging wieder zu ihr. Mein Mann blieb weinend auf dem Flur draußen. Ich legte meine Hand auf die nackte, warme Haut ihres Dekolletees.

Mir war, als ob ich sie durch diese Berührung zu mir sprechen hörte.

„Weißt du, ich habe es einfach nicht mehr im Kopf ausgehalten. Ich war eine Übermutter, nein eine Glucke, die über ihre Kinder immer ihr Gefieder ausbreitete. Sie sollten es gut haben. Ich hatte Verständnis für alles, was sie taten, habe nie Grenzen gezogen oder etwas gefordert. Das war falsch, ich bin daran zerbrochen.

Als meine große Tochter einen Freund nach Hause brachte, der wegen Diebstahls eine Freiheitsstrafe abgesessen hatte, äußerte ich nicht meine Bedenken, dass sie mit der Situation überfordert sein könnte, sondern dachte, dem jungen Mann müsste man eine Chance geben.

Als er dann eines Tages in Handschellen, vorbei an den strengen Augen meines stadtbekannten Vaters abgeholt wurde, hatte dieser nur verachtende Blicke für mich, der Mutter einer Tochter, die sich mit „so einem" eingelassen hatte.

Aber das war nur meine Älteste. Eines Morgens, als ich meine jüngere Tochter wecken wollte, war ihr Bett leer. Ich dachte zuerst, sie würde bei einer Freundin übernachtet haben, und dann: „aber dann hätte sie doch anrufen können." Dann fing ich an zu befürchten, dass ihr etwas zugestoßen sein könnte. Ich rief bei ihren Freundinnen an, aber keine wusste etwas. Angstgedanken jagten Wut und Verzweiflung. Nach zwei tochterlosen Nächten gab ich eine Vermisstenanzeige auf. Die psychische Unterstützung meines Mannes dabei war sein stundenlanges Lösen von Kreuzworträtseln nach seinem Feierabend. Ich fing an zu trinken, damit ich schlafen konnte. Nach zwei Wochen tauchte Susi strahlend und ohne Verständnis für meine Sorgen, wieder auf. Sie war mit einem Goldschmied auf Handwerkermärkten herumgereist. Mir verschlug es die Sprache. Ich konnte nur noch alle nicht geweinten Tränen mit meinem Speichel hinunterschlucken.

Erinnerst du dich? Das war noch nicht alles mit ihr. An einem Samstagmorgen rief mich der Standesbeamte unserer Stadt an und fragte, wo denn meine Tochter bliebe. Ihre Trauung war nach fristgerechter Aufgebotsstellung für elf Uhr terminiert, und sie war noch nicht erschienen. Ich wäre am liebsten vor Scham in einer Erdritze verschwunden. Das alles war zu diesem Zeitpunkt schon zu viel für eine Mutter. Ich war rat- und trostlos und betäubte meine Gefühle durch übermäßiges Rauchen und auch Alkohol.

Doch die Zeit heilt nicht alle Wunden, und schon gar nicht, wenn sie nicht lang genug dafür ist.

Zeitgleich zu den Sorgen durch meine Tochter brach Udo, mein älterer Sohn seine Ausbildung zum Einzelhandelskaufmann ab und fing an, als Taxifahrer zu jobben. Es dauerte nicht lange, da begann er ein Verhältnis mit der Frau des Taxiunternehmers. Dieser schöpfte nach einiger Zeit Verdacht, und als beide gleichzeitig Nachtdienst hatten, erwischte er sie in flagranti in seinem Büro, zog seine Pistole und erschoss seine Ehefrau. Kannst du dir vorstellen, wie ich mich fühlte, als ich den Zeitungsartikel darüber las, und mir mein Udo gestand, dass er der Liebhaber war? Ich dachte damals schon, der Schlag müsste mich treffen.

Und weißt du noch, als wir alle bei Günters Geburtstag in froher Runde im Garten zusammen feierten und Udo mit seiner neuen Bekannten Isolde auftauchte, die beiden sich zu uns setzten und verkündeten: „Es gibt noch etwas zu feiern. Wir haben heute Morgen geheiratet und waren mit den Trauzeugen in Straßburg zum Essen."

Unter den Verwandten machte sich erstauntes und betretenes Schweigen breit. „Und Isolde ist schwanger!" fuhr er fort. Das war zu viel für mich. Ich brach zusammen und habe laut schluchzend geweint. Damals dachte ich: „Wie kann mein Kind nur so herzlos meine Seele zertreten?" Jetzt weiß ich, das war der zweite Schlag, der mich ganz massiv in meinen Kopf traf. Diese Schwiegertochter, die bereits zwei Kinder von zwei verschiedenen Männern hatte, hat meinen Sohn, und damit auch mich, in den Ruin getrieben, erst psychisch und dann auch finanziell. Die Ehe hielt nicht, Isolde ist nach totaler Überschuldung und inzwischen zwei Kindern mit Udo zu einem wieder getroffenen Schulfreund nach Dänemark verschwunden.

Nach diesen massiven Schlägen konnte ich mich nur noch mit Alkohol, Zigaretten und später auch noch Tabletten betäuben.

Und nun liege ich hier. Eigentlich ist es unerheblich, daran zu denken, dass auch die Ehe meines zweiten

Sohnes schief ging, als seine Frau eine Beziehung mit ihrem Friseur begann, und sie beide feststellen mussten, dass sich ihre Liebe langsam davongeschlichen hatte.

Ja, zuerst war mein Herz zertrampelt worden, und nun ist mein Kopf tot. Ich möchte gehen."

Mit einem letzten Streicheln verabschiedete ich mich von ihr und fuhr mit meinem Mann nach Hause.

Wir waren gerade nach Hause zurückgekommen, als das Telefon klingelte und mein Mann erschüttert den Anruf des Krankenhauses entgegennahm: „Ihre Schwester ist soeben von uns gegangen."

FLUCHT AUS KABUL
Eine sechzehnjährige erinnert sich

„Was will der Mann von mir?

„Papa, Papa! Wo ist er? Unser Haus in Flammen!"

Schweißgebadet wache ich, wie so oft, aus meinen Albträumen auf.

Auch tagsüber drängen sich mir die Bilder auf, seit 3 Jahren. Ich sehe keinen Film, nur Bilder oder Bruchstücke davon.

Meine Mutter hilft mir nicht, meine Erinnerungslücken zu schließen. Sie sagt nur: „Kind, du musst alles vergessen. Wichtig für Dich ist Lernen, vor allem Lernen, die Zukunft. Das ist wichtig für dich. Ich möchte nicht darüber reden. Versuchen zu vergessen, ist das Einzige, das mir hilft."

Aber, ich kann das nicht. Ich bin so oft traurig, weine und weiß nicht so recht warum.

Der Dezember 2015 schiebt sich vor mein inneres Auge. Es ist kalt, es hat geschneit. Papa ist seit ein paar Tagen im Krankenhaus. Sein beladenes Herz hat ihn zum Umfallen gebracht. Oder war es etwas ganz anderes? Womit wurde es so schwer? Man hat es mir nicht gesagt. Mutter sagte nur: „Vater ist verletzt. Das ist aber nicht deine Sache." Seinen Schneiderbetrieb haben die acht Angestellten unter Mutters Regie weitergeführt.

Da brennt unser Haus lichterloh. Mutter rettet schnell alles Wichtige aus dem Haus. Fassungslos, mit weit geöffneten Augen, aus denen unaufhaltsam unsere Tränen fließen, stehen wir vor dem brennenden Haus, der Heimat unserer Kindheit.

Wir können bei einem Freund meines Vaters schlafen.

Vater hat das Krankenaus verlassen. Auf meinen fragenden Blick sagt er nur: „es ist zu gefährlich. Beeilt euch. Der Fahrer steht schon vor dem Haus."

Wir steigen in ein großes Auto, Vater, Mutter meine zwei jüngeren Schwestern und mein kleiner Bruder, vier Jahre alt. Der Fahrer, er spricht verschiedene Sprachen, ist ein unsympathischer, kräftiger Mann. Er ist bewaffnet. Ich habe Angst. Wir fahren durch schneebedeckte Landschaft, es ist dunkel, die Straßen häuserleer. Plötzlich stellt sich uns ein Pick-Up-Auto in den Weg. Zwei junge Taliban springen von der Ladefläche. „Die Frau und die Mädchen Kopftücher, alles aussteigen. Dort drüben ist der Iran, Ihr rennt dorthin", befehlen sie dumpf.

Mit Koffern und Rucksäcken bepackt, rennen wir, ich mit meinem kleinen Bruder auf dem Rücken. Das Haus war ein Stall mitten im Wald. Ich war froh, dass es dort drinnen wärmer war. Ich hatte so stark gefroren, obwohl ich zwei Unterhemden, zwei Pullover, eine Strickjacke und einen Mantel und zwei lange Hosen anhatte.

Viele Menschen lagen schlafend und schnarchend auf dem Boden. Ich weinte und weinte mich dann schließlich in den Schlaf. Ich war zu müde.

Am nächsten Abend kamen wir wieder in ein stalllähnliches Haus. Dort waren noch mehr Menschen. Es stank fürchterlich nach unsauberen Menschen, Essensresten und Kindern in vollen Windeln. Wir Kinder hatten schrecklichen Hunger, aber nichts mehr zu essen. Da half auch nicht das Geld, das meine Eltern an verschiedenen Stellen an ihren Körpern oder wir in unseren Socken und Unterwäsche versteckt hatten.

Am nächsten Morgen gingen wir mit einem Begleiter zu Fuß weiter. Gegen Abend erreichten wir mit unserem Führer, der mir angeboten hatte, meinen schweren Rucksack zu tragen, ein zerfallenes Gebäude, in dem noch mehr Flüchtlinge waren als in dem Gehöft zuvor. In bleierner Müdigkeit fielen wir auf den Boden, in einen tiefen Schlaf. Plötzlich Schüsse, einer, zwei, mein Herz rast, ich halte mir die Ohren zu. Meine Mutter jammert verängstigt: "Ich gehe zurück. Wir müssen überall sterben." Wir packen zusammen, machen uns auf den Rückweg. Da bricht mein Vater zusammen, wird bewusstlos. Meine Mutter schüttelt ihn, „wach auf!" Wir Mädchen weinen, mein kleiner Bruder schreit gellend. Kein Arzt weit und breit. Ein Schlepper taucht in der Ferne auf. Er hat Wasser. Wir richten meinen Vater auf. Er trinkt.

„Zurück könnt Ihr nicht. Ich biete Euch Pferde zum Kauf für die Weiterreise an." Kurze Zeit später bringt er fünf gesattelte Pferde. Ich möchte meinen Rucksack auf den Rücken nehmen und erstarre vor Schreck. Er ist weg. Der andere Schlepper hat ihn gestohlen und ist damit verschwunden. Mir zittern die Knie, ich gehe zu Boden. Mein I-Pad, mein Handy und mein Fotoapparat waren in dem Rucksack. Unser jetziger Schlepper befiehlt mir aufzustehen. Es ist keine Zeit, dem Schmerz über den Verlust nachzugeben.

Mein Vater soll zusammen mit Mahdi, meinem Bruder, auf einem Pferd reiten, und wir Frauen allein auf je einem. Ich habe Angst vor den großen Tieren.

Noch nie in meinem Leben hatte ich ein Pferd gesehen. Aber ich darf keine Angst haben.

Wir kommen in eine Stadt, in ein altes Haus, in dem wieder viele Flüchtlinge sind. Da steht ein bewaffneter Mann mit einer Totenkopf-Halskette, tätowierten, muskulösen Armen und vielen großen Fingerringen. Vor ihm auf dem Boden liegt ein Mann, von ihm gerade erschossen. Ich kann nicht mehr weinen, ich bin erstarrt.

Weiter geht die Flucht, es ist keine Zeit für Gefühle, für Nachdenken oder gar Zurückdenken an unser Zuhause oder Freundinnen.

Unser Pferdehändler führt uns bis nahe an die türkische Grenze. „So, nun müsst Ihr zu Fuß weiter." Er deutet auf eine Bergkette vor uns. „Ihr geht diesen Hügel hinauf, auf der anderen Seite ist eine Geröllhalde. Auf dieser lasst Ihr Euch hinunterrollen, und unten ist schon die Türkei." Dann band er die Pferde zusammen, drehte sich um und ritt davon. Wir kämpften uns zum Bergkamm hinauf. Von dort sahen wir unten einen kleinen See. Es hatte geregnet, starker Wind kam auf. Fast besinnungslos ließen wir uns hinunterrollen, in einen tiefen vom Regen aufgeweichten Schlamm. In der eisigen Winternacht drohte der in Klumpen an unserer Kleidung hängende Matsch zu gefrieren. Wir schleppten uns frierend in eine Stadt. Jemand brachte uns in eine Wohnung in einem mehrstöckigen Haus, die wir wochenlang nicht verlassen durften.

Endlich, nach vielen Wochen holte uns ein Auto ab, wieder in der Dunkelheit. Nach kurzer Fahrt hielt der Fahrer neben einem Bus, dessen Scheiben alle verhängt waren. Wir mussten in den bereits mit anderen Flüchtlingen besetzten Bus umsteigen. In absoluter Schweigsamkeit fuhren wir durch die stockdunkle Nacht. Nach Stunden hielt der Bus in einem Wald. „Alle aussteigen, jeder bekommt eine Schwimmweste, auch die Kinder!"

„Oh nein, was soll das heißen", ging es mir durch den Kopf. „Ich kann nicht schwimmen." Wieder blieb mir keine Zeit, länger Angst zu haben. Mutter kam und schwärzte uns Mädchen die Gesichter. Sie hatte wahnsinnige Angst, dass sich einer der auf uns zukommenden Männer an uns vergreifen könnte. „Und schaut auf keinen Fall den Männern ins Gesicht, nur auf den Boden schauen", hämmerte sie uns ein. „Schneller, schneller Ihr faules Pack!" schrien sie uns an und trieben uns wie Vieh zur Küste.

Dort lag ein altes Motorboot. Sie pferchten uns hinein, 60 Menschen, Männer, Frauen und Kinder. Einer der Männer warf den Motor an und sagte zu zwei erwachsenen jungen Afghanen: „So, und nun steuert Griechenland dort drüben an. Wir kommen mit einem kleinen Boot hinterher." Das war gelogen. Sie kamen nicht.

Wir waren schon bald auf dem Meer, völlig uns selbst überlassen. Plötzlich gab es eine Explosion, ein gewaltiger Feuerschein. Ein anderes Boot mit Flüchtlingen an Bord brennt. Ich sehe, wie die Menschen brennend ins Wasser springen und ertrinken. Aber Mutter lässt mich nicht mehr schauen. Sie hält mir die Augen zu.

Das letzte, an das ich mich erinnere, sind Menschen als lebende Fackeln. Ich zitterte, ich fror, drohte vor Angst bewusstlos zu werden. Ich konnte ja nicht schwimmen.

Langsam lockerte meine Mutter die Umklammerung. Wir konnten die Umrisse von Land sehen. Das Boot setzte auf. Nach kurzem Durchwaten des Küstenwassers kümmerten sich Polizisten um uns klatschnasse Gestalten. Busse brachten uns in ein Lager. Wir wurden registriert. Vater ging es wieder sehr schlecht.

Anderntags schaffte es Mutter, ein Schiffsticket nach Athen zu ärztlicher Hilfe aufzutreiben. Auf dem Schiff konnten wir zum ersten Mal seit Wochen duschen. Wir sahen so mitleiderregend aus, dass uns eine Familie Kleidung von sich für die Weiterreise gab und uns Bahntickets bis nach Albanien kaufte.

Wir gingen zu Fuß über die Grenze von Albanien nach Bosnien. Mutter hatte von unserem letzten Geld Fahrscheine nach Serbien gekauft. Dort wurden wir sofort in ein Lager mit meterhohen Zäunen gesperrt. Die Polizisten beschimpften uns „faules Pack, Zigeuner", wir mussten geradestehen, sonst gab es Stockschläge. Doch sie wollten uns sehr schnell loswerden und schoben uns über Kroatien nach Österreich ab.

An der Grenze strahlte uns ein junger afghanischer Dolmetscher an: "Jetzt seid Ihr frei!" Von einem Flüchtlingslager an der deutschen Grenze kamen wir schließlich nach Deutschland.

„Willkommen in Deutschland!" wurden wir empfangen. Auf die Frage, wo in Deutschland wir hinwollten, wussten wir keine Antwort. Uns war es egal, wir hatten Deutschland bis dahin nicht gekannt.

Hier habe ich zwar immer noch Angst vor Träumen, aber keine Angst mehr, auf die Straße zu gehen, wie in Kabul.

WEIHNACHTEN 1944

Glatz, Niederschlesien, 24. Dezember 1944

Planwagen nach Planwagen trifft mit Flüchtlingen auf dem großen Rangierbahnhof ein. Es ist morgens 7 Uhr. Wind peitscht regennass über die Gleise. Große Kinderaugen schauen aus blassen Gesichtchen in den dunklen Morgen. Sie fragen nicht, sie schauen nur.

In einer angespannten Stille, nur durch laute Anweisungen unterbrochen, wird Wagen für Wagen, Pferd für Pferd mit den Menschen in Viehwaggons verladen. Die Türen bleiben einen Spalt breit für die Luftzufuhr geöffnet. Die Lokomotive mit dem langen Zug dahinter setzt sich dampfschnaubend in Bewegung.

„Anica, wir fahren in eine Stadt, die Liegnitz heißt, und bald fahren wir durch die Stadt Frankenstein, die einen ganz schiefen Turm hat. Pass nur auf!" versucht der Großvater wieder einmal seine Enkelin von der übergroßen Belastung der Flucht abzulenken. Erheitern geht schon lange nicht mehr.

Am frühen Nachmittag fährt der Zug in Liegnitz ein. Der Leiter des Flüchtlingstrecks aus Südungarn ruft einzelne Namen auf und übergibt Namen und Anschriften von Wirtsleuten, die freiwillig oder auch gezwungenermaßen Flüchtlinge einquartieren. Anica wird mit Großeltern und Mutter den Wirtsleuten Ebner zugeordnet.

„Wieviel Personen, drei Erwachsene und ein Kind?" werden sie von Frau Ebner empfangen. Sie schaut die Flüchtlinge, die elf Wochen Fluchtstrapazen mit Hunger, Krankheit und Todesfällen hinter sich haben, neugierig und abschätzend an. Sie schnuppert und rümpft die Nase. „Seid Ihr verlaust? Seit wann habt Ihr Euch nicht mehr gewaschen?" Beschämt schauen die junge Mutter und die Großeltern zu Boden. „Und Kleidung zum Wechseln haben wir auch nicht mehr!" murmelt die Mutter in einem dem Elend trotzenden Stolz.

„Die Pferde und den Wagen könnt Ihr in den Stall stellen. Ich lege Wolldecken aufs Stroh in der Scheune, da können der Großvater und die junge Mutter schlafen. Die Großmutter und die Kleine können mit mir ins Haus kommen - weil Weihnachten ist."

Frau Ebner führt Großmutter und Enkelin eine Holzstiege hinauf und öffnet eine Zimmertür. Auf einem klobigen Dielenfußboden steht wie auf einem Thron ein Bett. „Da steht es: ein Bett!" denkt Anica verzaubert. Monatelang hatten sie und Großmutter kein Bett mehr gesehen. Für Anica erscheint das Bett auf einmal so weit entfernt, so unerreichbar wie ihr seit Oktober unerfüllter Wunsch, endlich wieder in einem Bett zu schlafen. Fast ehrfürchtig, bei jedem Schritt bangend, dass es doch nur ein Traum sein könnte, nähert sie sich an der Hand ihrer Großmutter der Erfüllung ihres Wunsches.

Fest, an die Brust ihrer Großmutter gekuschelt, fällt Anica am Abend glückselig in einen tiefen Schlaf. Das letzte, das sie wahrgenommen hatte, war deren ihr seit Wochen vertrauter Schweißgeruch.

Frühmorgens, am Weihnachtsmorgen, weckt ein Klopfen an der Haustür die beiden aus ihrem Schlaf. Dann hören sie, wie sich Schritte dem Zimmer nähern. Anicas Herz fängt bang laut zu pochen an. Die Tür wird aufgerissen, Herr Ebner tritt ein, macht einen Schritt zur Seite und sagt: „Hier bringe ich Dir Deinen Papa." Anicas Atem stockt, in ihrem Kopf rauscht es. Da steht er wirklich, ihr Papa!

Er war von der ungarischen Armee desertiert, weil er sich weigerte, als sogenannter Volksdeutscher, zur deutschen Wehrmacht zu wechseln.

Anica fliegt auf ihren Vater zu, umklammert ihn wie ein Äffchen, und lässt ihn den ganzen Tag nicht mehr los. Sie hatte ihn, bis tief in ihren kleinen Körper, vermisst, seit sie im Oktober fliehen mussten. Ihre Mutter kann vor Freude nur fassungslos weinen.

Als der Tag zu Ende geht, muss sich der Vater aus der festen Umklammerung seines Kindes lösen. „Mein kleines Mädchen, du musst jetzt noch einmal tapfer sein. Ich muss euch wieder verlassen, damit sie mich nicht finden. Der Krieg ist bald zu Ende. Dann werden wir wieder zusammen sein." Er streichelt liebevoll sein Kind und entschwindet mit seinem Pferd in der Nacht. Das Geklapper der Hufe schallt in allen noch lange nach.

Statt in einem Stall, einer Scheune oder in dem Planwagen, durfte Anica nach elf Wochen wieder in einem Bett schlafen und nach ebenso langer Zeit voll sehnsuchtsvoller Angst um ihren Vater, durfte sie sich für einen Tag an ihn schmiegen.

Für Anica blieb dieses Weihnachtsfest, trotz des unbeschreiblichen Elends, das glückseligste ihres Lebens.